LET SILENCE

让心

静下来

陈春江 著

黑龙江人民出版社

图书在版编目 (CIP) 数据

让心静下来/陈春江著.--哈尔滨：黑龙江人民
出版社，2017.8
ISBN 978-7-207-11113-5

Ⅰ.①让‥ Ⅱ.①陈‥ Ⅲ.①诗集–中国–当代
Ⅳ.①I227

中国版本图书馆CIP数据核字(2017)第199851号

责任编辑：李春兰
装帧设计：徐　洋　屈　佳
封面图片摄影：谢继繁

让心静下来
Rangxin Jingxiala

陈春江　著

出版发行	黑龙江人民出版社
通讯地址	哈尔滨市南岗区宣庆小区1号楼
邮　编	150008
网　址	www.longpress.com
E－mail	hljrmcbs@yeah.net
制　版	永清县晔盛亚胶印有限公司
印　刷	永清县晔盛亚胶印有限公司
开　本	787×1092 毫米　　1/16
印　张	12　　　插页 4
字　数	200千字
版　次	2017年8月第1版　2021年6月第2次印刷
书　号	ISBN 978-7-207-11113-5
定　价	48.00元

法律顾问：北京市大成律师事务所哈尔滨分所律师赵学利、赵景波

作者近照

作者简介

　　陈春江,曾为黑龙江生产建设兵团知青。先后在中共黑龙江省委机关党委宣传部、中共绥化市委、黑龙江省新闻出版局、黑龙江人民出版社、黑龙江省出版总社、黑龙江省政协提案委员会等单位或部门任职。九、十届黑龙江省政协委员,黑龙江省作家协会会员。已出版的散文、诗歌作品集有《为女儿擎起一片蓝天》《漫步忆林》《诗录年华》《椰风集》《心雨集》《我看到了》《让心静下来》等。

人生难得心清静

——自序

　　这是我的第二部自由体诗集。

　　本诗集中的大部分作品，都是近两三年在海南清水湾猫冬时完成的。那里的自然环境如诗如画，美轮美奂，生活其中如入世外桃源。清晨，站在露台远眺，蓝天白云、远山近地、草青树绿、鸟语花香。微风拂面，宁静惬意。瞬间，感觉一切都那么美好。此时此景便成为一片诗意的土壤，胸中一缕缕激情涌动，脑中意象丝语一阵阵闪过。关于生存、生活、生命的体验与感悟，很快就化作了笔下的诗行。

　　可见，在进入一种境界的状态下，心如止水，往往会有诗意被催生。于是，我也把这部诗集定名为：《让心静下来》。

　　真的做到让心静下来并不容易。从浅层面上讲，它首先是一种生活节奏的改变。在岗时，无论是谁，如何想方设法让自己超脱，都不大可能做到。只要肩上有担当，身上有责任，就必须尽心竭力，缜密思考，精心谋划，积极应对各类难事、乱事、烦心事，日复一日，夙夜不怠。这样的状态下，何谈心静？只有在离开工作岗位后，又不是恋岗恋战恋权者，身无重负，心无旁骛，由紧张繁忙的生活频率，转入平静舒缓的状态，有着"斜阳照墟落，穷巷牛羊归"般的悠闲，才可能让心渐渐地静下来。因此，我历来主张，到什么山上唱什么歌，到什么季节忙什么活儿。到了该让身心静下来的时候，就应该及早转型。我的诗《到了这个年龄》表达的就是这一观点：

　　　　到了这个年龄
　　　　我不再攀山竞高
　　　　只追逐椰林　海浪　阳光
　　　　欲望早已被心境流放

序

到了这个年龄
我不再话语铿锵
沐浴着斑斓秋色
在静谧的小园里安放思想
……

还有《我喜欢在诗歌里歇息》《我喜欢漫步》等等，主张的都是这样的生活态度。

让心静下来，从另一层面讲，它也是一种积极的处世心态。这和在职场与否无关。在市场经济的大潮中，在一个追求利益最大化的价值取向下，在社会公平还不能得到充分保障的人文生态里，紧张、焦虑、浮躁、迷惘、甚至愤懑和不平的情况会经常发生。因此，追求一个心静的空间似成奢望，要求人们始终都用平静的心情对待一切，也是不可能的。但是换一个角度，我们完全可以用平静的心态来接纳生活中的那些困难、挫折和不完美。在成败得失和功名利禄面前，能否积极面对，理智豁达，看淡一切，顺其自然，做到不以物喜，不以己悲呢？这检验着一个人的修炼、修养和修行。正如《让心静下来》中的诗句：

让心静下来
去把握人生路口的绿灯闪亮
穿越岁月的无奈与紧张
为灵魂进行一次补氧
……
让心静下来
去倾听时光流动的回响
抛却虚名浮利的沉重
随遇而安的步履轻盈豪放

真正做到让心静下来，便进入了人生的一种忘我的层次和境界。心静就是淡泊，是一种气质和修养，是一种历练，是大彻大悟的结果。只有在你了悟到残缺与不完美是人生之常态后，才有可能做到与世无争，才能拿得起，放得下。拿得起是能力，放得下就是境界。

真正能够放得下，才会在纷杂的尘世里，为自己留下一片纯净的心灵空间。有了那种"沉舟侧畔千帆过，病树前头万木春"的心态，就能让你丢弃消极、浮躁和冷漠，踏实自如地走好自己的人生之路。正如我的短诗《岁月》所言：

　　　　岁月不止一次地难为过我
　　　　我却始终善待岁月

　　本诗集中的《不要对我说》《多余》等等，也从不同角度对淡泊宁静的人生境界加以歌颂。

　　让心静下来，有时的确需要独处，以排除环境干扰。一个排斥独处的人，他的心灵往往是空虚的。但独处绝不是单纯追求那种与世隔绝的桃源式生活，在现代社会里也不可能做到这一点。在一个信息化的时代和开放的国度里，人与人之间的交流是绝对不可或缺的。如何在这种交往中寻求静心的气场，就在于你与什么样的人在一起。与那些真正有学问、有德行、有智慧、有品味的人在一起，不仅能给你头脑以知识，给你心灵以慰藉，给你人格以高尚，给你精神以力量，也能给你人生以方向。这样的人际圈子何尝不会帮助你去净化灵魂，升华精神，实现淡然心静的人生境界呢！于是，我便有了这样的感悟：

　　　　　　只和喜欢的人在一起
　　　　　　让言语冲出牢笼
　　　　　　灵魂在蓝天中自由翱翔
　　　　　　那才是绿色的生命

　　　　　　只和喜欢的人在一起
　　　　　　这是为愉悦疲惫的眼睛
　　　　　　细细品味浓浓春意
　　　　　　让心地收获葱茏

　　让心静下来既然是一种生命状态，它就绝不是在静止中实现的。让心静下来，不是让身心停下来，愉悦身心往往都是在运动中实现

的。比如，挥汗运动中，会有一种忘我的状态，让你思想归零；投身自然里，会有一种"天人合一"的情怀，让你豁然开朗；欢歌热舞时，会有一种血脉沸腾的超然，让你向往美好。如此种种，排除那些纷扰心灵的欲望，净化五味杂陈的思想，不正是打开了一条条通向静心境界的甬道吗？我的一些诗歌也表达了我的这些体验。例如，在《走进呼伦贝尔草原》就有这样的表白：

> 在你淡定宁静的气场里
> 我有了初恋般的激情澎湃
> 在你洒满阳光的坦荡中
> 怒放了我逝去的青春百态
> 我无法自已
> 怎能不醉倒在你宽敞柔嫩的胸怀

心真的静下来了，带给你的不是寂寞，而是一种无与伦比的超脱和舒畅，你会感觉生活美好，脚步轻轻。有人说，人生最好的境界是丰富的安静。的确，心静的人精神永远是充实的，想要做的事情总是很多。你会读书写作，你会听听音乐，你会回忆过去，你会思亲念友，你会品评世象，你还会选择出行。在自己喜爱的活动中，用心去思考，去聆听，去品味。以静心看世界，宠辱不惊，淡看风云，笑面人生。总之，日子过得宁静、充实、简单。

我们终将在岁月里老去。有些人，终其一生也未能走出雨季；有些人，则借着点点星光也要走向明天。只要心静，便会悠远。心静如水，是人生的一道风景。这往往属于那些真正有修为的人，因为他们低调安宁，不会争先恐后。所以，还是让心静下来，唤醒你的内在自觉，才能读懂自己，走向未来。

希望我的这部诗集，能带来这样的启示。

2017.7.8

目录

LET SILENCE 让心 静 下来

目录

目录

悠悠的乐

让心静下来

让心静下来
去享受闲适淡定的气场
那血流中的天籁之音
使你从此不再彷徨

让心静下来
去把握人生路口的绿灯闪亮
穿过岁月的无奈与紧张
为灵魂进行一次补氧

让心静下来
去品味眼中景色的别样
就连那雪花漫地的苍莽
都会净化你五味杂陈的思想

让心静下来
去倾听时光流动的回响
抛却虚名浮利的沉重
随遇而安的步履轻盈豪放

心真的静下来
你会沉醉于春的生机与力量
那风的轻拂和雨的滋润
将为你的情怀注满芬芳

2015.3.6

我喜欢在诗歌里歇息

我喜欢在诗歌里歇息

这里有蜿蜒的小路　静谧的丛林

倾听舒缓张弛的心音

整理繁杂跳跃的思绪

在笔下寻一块绿地宿营

我喜欢在诗歌里歇息

这里有浩瀚的大海　茫茫的草原

浮躁的空气使大脑乏氧

欲望的菌群让人性中风

澎湃的诗丛里任血流沸腾

我喜欢在诗歌里歇息

这里有碧蓝的天空　灿烂的阳光

冲出高耸的铁壁铜墙

穿越窒息的雾霾气层

纸上每个方格都闪动着晶莹

我喜欢在诗歌里歇息

这里有小桥　　流水　　人家
在晨钟暮鼓里修身
在朝霞夜月下养性
让疲惫的灵魂重新归零

2014.11　于海南清水湾

我得读书

我知道

即使把余下的时光全部用上

还需把时间的刻度延长

用来填补心地里文字的空旷

笔下也难以涌流激扬的篇章

有时会埋怨自己

逝去的日子里

痴情地把忠诚塞满胸膛

耕耘的汗水继日流淌

却让眼前葱茏的书山撂荒

收获的季节里曾放声歌唱

却没有时间去捧读那泛黄的典藏

赶路的脚步踉踉跄跄

前行的影子　留下书香

汗流浃背　气喘吁吁

也得奋力跟上

就怕老天变脸

夕阳西下

自己还孤独地蹒跚在路上

2015.6.11

我喜欢漫步

老来的我
喜欢漫步
它节奏舒缓
那种悠闲轻松
正是花甲之人的风度

其实
我腿脚很好
完全可以甩开步幅
只是有个心结
让我不大敢提速
我常常屈指
丈量人生的长度
不舍得走快
是想让这段路走得更远
把沿途的风景看够看足

不要为年龄发愁

不要为年龄发愁

青春与年龄无关

只要守护好血脉中鲜活的基因

百年老树也会萌发新艳

不要为年龄发愁

浪漫与年龄无关

只要眼底里珍藏着蓬勃的生机

就一定会有四季的斑斓

不要为年龄发愁

激情与年龄无关

只要心地里洒满阳光

何虑没有火热的秋天

不要为年龄发愁

向往与年龄无关

只要胸中装满蓝天碧海

日日都有追梦的起航扬帆

2015.6.13

到了这个年龄

到了这个年龄
我不再攀爬竞高
只追逐椰林　海浪　阳光
欲望早已被心境流放

到了这个年龄
我不再话语铿锵
沐浴着斑斓秋色
在静谧的小园里安放思想

到了这个年龄
我不再衣冠楚楚
还原休闲轻松的形象
放飞自由翱翔的翅膀

到了这个年龄
我不再步履匆忙
邀上几个知己
地北天南随意徜徉

到了这个年龄
我不再冷落健康
地球村只发给我一张门票
何不甩开步子走一趟

到了这个年龄
更不必盘点所谓的辉煌
只要有心地里的耕耘
灵魂的家园就不会荒凉

2016.2.19

只和喜欢的人在一起

只和喜欢的人在一起
管他谁在嘀咕
我已不再负重前行
无须顾及别人的表情

只和喜欢的人在一起
并不是自己孤傲清高
本来就没学会踮脚
何必再去疲劳自己的神经

只和喜欢的人在一起
让言语冲出牢笼
灵魂在蓝天中自由翱翔
那才是绿色的生命

只和喜欢的人在一起
这是为愉悦疲惫的眼睛
细细品味浓浓春意
让心地收获葱茏

2016.5.10

我的四季收藏

春天
我喜欢收藏清新的风
紧紧地压缩到我的睡房
人生路上常常需要选择
有了它　大脑才不会乏氧

夏天
我喜欢收藏灿烂的光
忘情地注入我心地的空旷
为抵挡岁月中遇到的严寒
必须准备充足的能量

秋天
我喜欢收藏绵绵的雨
交给根茎　落叶和土壤
为迎接生生不息的成长
铺就温馨的产床

冬天

我喜欢收藏洁白的雪

洒满大街小巷　田野农庄

期待着用它的清纯和晶莹

再对雾霾做一次抵抗

我还是不满足

希望大自然能再造一些季节

让我有更为丰富的收藏

对冲我那不断增长的欲望

2015.5.26

LET SILENCE

让心静下来

生活中的碎片

我读不进道貌岸然的连篇
只好留心世俗的那些碎片
不经意的一句话
下意识的一个动作
还有人后的那张脸
即便是一闪而过的瞬间
我都会仔细收集起来
或许还会刻成一张光盘
用来证明尘界的气象万千

2016.9.7

我喜欢剥开状

人类有一种天生的习惯

喜欢用手触摸

有时还会撕剥

生活中的许多形象

一旦剥开了就会别有风光

比如

拨开漫天雾霾

就会发现 GDP 的辉煌

剥开嘴脸的伪装

就会见到欲望的疯狂

剥开种种肤浅

就会诊出缺血的心脏

剥开那生的肉体

还会看到灵魂的死亡

剥开就是哲学

教你怎样去发现

因此　我喜欢剥开之状

它一次次灵动了我的思想

2015.1.26

假如给我一次机会

假如给我一次机会

我会选择环保

驱走满天的雾霾

为可爱的中国村奉献一片蔚蓝

假如给我一次机会

我会投身打假

扫除一切害人的毒瘤

让我们的器官免遭沦陷

假如给我一次机会

我会职业反腐

消灭那些社会蛀虫

使权力不再任性撒欢

假如给我一次机会

我会从事慈善

与那些在贫困中挣扎的人

共享人间的大爱与温暖

假如给我一次机会

我想去执法断案

即便流尽最后一滴热血

也要用公平正义唤回百姓的笑脸

假如给我一次机会

我想还是认真研究文学吧

用浪漫沸腾自己的心海

为种种"假如"扬起希望的风帆

2014.11.12

不要对我说

不要对我说你的富有

开什么款的车

戴什么牌的表

住什么档次的酒店

吃过哪些山珍海味

这些与我无关

在我眼里

现代土豪都演绎这一套

不要对我说你的荣耀

写过哪些巨著

获过什么大奖

得到谁的青睐

有了怎样的名望

这些与我无关

在我眼里

它不是衡量内心丰盈的坐标

不要对我说你的身份

怎样的资深

多大的官衔

拿着多少薪水

地位如何显赫

这些与我无关

在我眼里

这只会透视出你人格元素的缺少

可怜的炫耀

让我见识了炫耀的贫瘠

人是活给自己的

不要太累

低调才好

2016.8.10

耳 朵

生活中的我

有时会突然失聪

比如在酒桌上：

某人口若悬河

自鸣得意

我却无动于衷

似乎那声音来自另一个语系

因此

我哑口

当然也没发现对应的耳朵

2016.7

岁 月

岁月不止一次地难为过我

我却始终善待岁月

2016.5.8

心中那张网

心海中有一张无形的网
小时候它没什么功能
任泥沙俱存

成年了
这张网总是筛来选去的
见到鱼鳖虾蟹都不会放过

到了老眼昏花的时候
这张网的网眼变大了
留下的东西也日见稀少
好在都是些让人喜欢的形象

2014.8.16

心　语（五则）

1

时间让我遇到了你
而我心没能把你留下
因为灵魂的空间里
还没有多余的内存

2

人性的相通源自生灵的本能
人格的相惜需要人性的品级

3

像珍惜自己那样去珍爱他人
人生的路上就没有孤独

4

都说：人生如梦转眼百年
计算一下：清醒的时候能有几天

5

该放下的就要放下
即使鬓发斑白　也会步履轻轻

2016.9.21

LET SILENCE
让心静下来

23

中秋话月（组诗三首）

1

中秋的月

被节气漂白

皎洁　明亮

这也让它有点孤芳自赏

高高地悬在天上

静静地独身守望

黎明是它唯一的向往

此刻　繁星们却没了往常的风光

谁还能伴在月的身旁

也不知它们都去了什么地方

2

有时

月也忧伤

黯淡无光

少了丰满的形象

常常紧闭天宫的门窗

扪心思考着经年的沧桑

偶尔伴有泪水的流淌

估计是为尘界的天灾人祸而悲怆

它总希望地球村

应该这样　或者那样

3

现代人一直没有放弃考古

不断探寻着地下地上

却很少去月宫造访

其实　真正从远古走来

一直关注着人间的　只有月亮

它皓洁的心身

印满了地球千年的影像

存储着尘世的百味沧桑

历朝历代　古今中外

政治　经济　文化　环保

还有惩治腐败　国富民强

这些也丰满了月亮的智商

如果向它请教

一定会给你许多辩证的思想

2014.9.8

秋日畅想

秋

似火

金桂香

累累硕果

极目再远眺

更赏赤橙绿黄

前程如锦情绵长

盼九州昌盛好风光

自信十载由你来掌舵

克顽疾苦躬耕收获在秋

迎来五谷丰登共品尝

笑语欢歌举杯祝福

风清气爽民心昂

何惧鬼子东洋

朝霞红满天

大地辉煌

吾心畅

醉透

秋

2014.8.8

深深的爱

那些老照片（组诗五首）

1. 母亲

轻轻地

抚摸着老照片中的她

感叹她花甲的形象

岁月的划痕交织在她的脸庞

沧桑的风雨汇成了五官的夸张

她用一生的宽容与善良

仍未能抵住重负的碾压与包装

我埋怨自己

年少时从未仔细地把母亲端详

竟对她的青春容貌有些淡忘

在我的记忆里

她总是夜以继日　来去匆忙

用一针一线编织着我们的梦想

用一点一滴滋润着我们的成长

她满脸的微笑就是我们温暖的心房

她那瘦弱的身躯就是家中的脊梁

我心在百味中游荡

为什么

母亲没能留下一张年轻的影像

是无暇顾及 还是不曾奢望

在落寞和惆怅中

我突想：都说思念有魔幻般的力量

那就用它来再现母亲青春靓丽的模样

2. 父亲

从小就敬畏父亲的眼神

威严 倔强 有时还会冲动

一旦触上它射出的光

立刻能穿透你的心房

还有他那张嘴

里边总是子弹满膛

只要眼中发现了目标

开口就会让你中枪

但是老照片中的他

完全是另一副模样

和孩孙们合影时

总是透着笑意和慈祥

满脸都是灿烂阳光

一派丰收的喜庆与欢畅

散发着血脉的火热与芬芳

这些照片带给我许多甜蜜的回望

但还是抹不掉儿时对他的印象

父亲眼神里那独特的锋芒

依然让我有几分心慌

因此　我一如既往

每天还是要在镜中自望

看看自己够不够整洁像样

3. 妻子

在老相册中

看到了四十多年前的她

那时正战天斗地在北大荒

女孩子们差不多是一个模样

油黑的脸庞

草绿的军装

梳着一对刷子辫

打开话匣子也是一个声腔

LET SILENCE

让心

静

下来

时代的温度
让她们激情膨胀
个个都是"敢上九天揽月"的形象

当年的她
朴素　大方
总是笑声朗朗
风雨没能洗去她的清纯
蹉跎没能淹没她的奔放
还有那倔强刚毅的眼神
和举手投足散发出的气场
透视着岁月铸就的坚强
包容着血泪染成的沧桑

我手捧照片　仔细端详
用折旧的大脑使劲追忆曾经的时光
回放着流年的故事影像
茫茫人海中为什么能与她牵手
究竟是岁月的征服
还是她那满脸的阳光

4. 女儿

老照片中的她

是改革开放的同龄人

天生一副幸福的模样

甜蜜总是挂在脸上

年轮的基因给了她放飞的翅膀

早早就展翼翱翔

远渡重洋

在希望的田野上耕耘拓荒

春去秋来

雨雪风霜

用金色的收获

靓丽着青春的形象

还把骄傲注满了父母的心房

屈指细算

与女儿在一起的日子寥寥可数

从她十八岁那年开始

我就在这些老照片中

回味着合家欢聚的芳香

自然法则就是这样

天总有热凉

降温的季节难免让人心慌

我常常脚踏落叶

在斑斓的丛林中游荡

走到深处
眼前一亮
那是与童年的她嬉闹的时光

5. 自己

最喜欢自己的这张照片
虽然没有红色的帽徽领章
但一身草绿仍透出器宇轩昂
清纯和阳光倾泻在脸上
这是我一生都引为骄傲的形象
可惜当年还不懂得
它可以打动靓丽的姑娘

那时刚刚迈入社会的门槛
心地如白纸一张
忠诚和激情灌满胸膛
浑身都是战天斗地的力量
梦里也在演绎着伐木　建房　开荒
谁还会畅想明天的风景啥样

回眸当年
现已鬓发如霜的我
难免丝丝感伤

宝贵的青春年华

早已被五味杂陈流放

但我心未老　情依旧

再看照片　仍有几分自赏

那稚嫩脸庞里的无畏与担当

正是我心中永远的阳刚

2014.10.16

母亲的笑脸

这是一张最美的笑脸
深深地扎根在我的心田

幼少时
这张笑脸
就是一个个快乐的新年

读书时
这张笑脸
就是考场上轻松的答卷

成家了
这张笑脸
就是祝福新婚的赠言

有了女儿
这张笑脸
就是花朵儿盛开的灿烂

担当了
这张笑脸
就是导航前行的舵盘

一辈子
这张笑脸
都是宽广无垠的蓝天

岁月里
有了这张笑脸
就没有爱的荒原

在母亲墓前

朦胧中

又见到了当年的母亲

灯下

与孩子们甜蜜的呼吸为伴

一针一线

把漫漫长夜缝成了期盼

眼里

装满了柴米油盐

一点一滴

为紧巴的日子注入舒坦

母亲啊

从我走入你生命的那天

你就不再吝惜自己的容颜

用日增的皱纹

耕耘着儿女们追梦的心田

用鬓发上的霜雪

调和着岁月的苦辣酸甜

而在硕果满园的季节

你却没有了共享收获的时间

亲爱的母亲啊

今天　手捧碑土

感受你曾经的温暖

又一次把我的心灯点燃

我知道

儿女们火热的生活里

正沸腾着你一生的血汗

2015.6.4

母亲的心

母亲的心
是温暖的鸟巢
紧伴着儿孙的翅膀
不管他们飞得多远多高
总要在这里歇息落脚

母亲的心
是夜航的灯标
任风吹雨淋　孤独辛劳
只要有一息能量
就用光明把方向引导

母亲的心
是不熄的火苗
静静地把岁月燃烧
熔尽了霜雪冰雹
却把一锅儿女情长煮得别有味道

2016.5.8

致父亲

有些话一直未能对你讲
因为：

儿时的我
总觉得你太威严
担心被你锋利的目光扫描
平日里处处小心　不急不躁

长大的我
看到你常把固执当成原则
与顶头上司都能理论
自然不敢和你牢骚

工作后的我
常听到你抨击时弊的枪声
令在仕途上奔波的我如履薄冰
同志们也说我胆子太小

年逾花甲的我
还未及与你坦诚诉说
你却突然去了另一个世界

只好把自己满腹的话语缩成句号

今天　穿越时光的隧道
我用诗句向你汇报：
你曾经的威严
灌溉了我成长的细胞
让我拥有了纯洁理智的大脑
你特有的固执
凝结成我筋骨的清高
让我在纷繁的世俗里不再飘摇
你切齿的抨击
清理了我灵魂的死角
让我多彩的欲望不敢任性狂跑

敬爱的老父亲
你一生低调
今天我却要放声相告
你是我心中永远的崇高

2015.6.21

拖　地

儿时就能拖地
那时个头还没有拖把高
在父亲的命令和监督下
这是每天的必修
"拖地要用力　猫下你的腰"
"拖布不要太湿　犄角旮旯都得拖到"
他总是这样唠叨

一晃儿
雪花都挂上了眉梢
楼层也升入云霄
地面换了几茬
面积更是大了不少

日复一日
我仍仔细地辛劳
重复着几十年不变的动作
容不得地面上有一尘一毛
只是没了父亲的唠叨

43

拖地是我的自觉

地面是庄严的日考

洁净　明亮　不留死角

却不大敢骄傲

总觉得

有双眼睛仍在盯着我

我担心

他还会唠叨哪个位置没有拖到

2012.6

三亚一日

——我和妻子

清晨

叽啾的小鸟把我们催醒

一会儿

妻就端来了一杯温水

为满腹的空旷注入了热量

早餐是用多种米做的粥

据说可以养生防癌

还有木耳西红柿

都是些绿色食品

肯定不会使你血脉走样

上午

和妻打两个小时的乒乓

身着鲜艳的运动装

一招一式　很有几分专业的模样

妻总是笑声朗朗

即便两个人的世界

也是一个热烈的气场

LET SILENCE

让心

静

下来

虽然总是汗流浃背
却排出了毒素　燃烧了脂肪
浑身的器官清爽通畅

中午小憩后
便是各自的繁忙
妻在电脑前处理邮件
我游弋于文字的海洋
定时定量的鲜果
又把甘甜送到我的心上
这时我会把新写的小诗念给妻听
妻也会向我推荐一些重要的文章
在精神的世界里　我们资源共享

晚餐十分简单
一碗蔬菜面
或者一碗炖菜　些许干粮
吃得只有七八分饱
也让忙碌了一天的肠胃早入梦乡

看过黄金时段的《新闻联播》
就开始了常规的园中健步

年龄总和 130 多岁的我们步履轻盈
伴着歌曲的悠扬
依旧激情荡漾

晚间丰富的电视节目
常觉得一个屏幕不大够用
好在多数情况下我们步调一致
只看央视的几个频道
偶尔各有所需　也都是我做出礼让
我懂得　这样做是服从小家里的中央

夜 11 点前必须就寝
这时会有一个声音提醒我：
"吃拜阿司匹林"
接着又一杯温水递上
让我的血流延续着暖意和舒畅

生活就是这样：简简单单　平平常常
两人就是这样：形影相惜　出入成双
我想：这就叫白头偕老吧
这样的日子挺爽

2014.12.23

LET SILENCE

让心
静
下来

写给女儿

一只小鸟

怀着梦想

冲出了温馨的巢房

飞得又高又远

没有泪行

群山助兴

孤也苍莽

大海作伴

一路歌唱

觅不到心中的彼岸

不会返航

迎着风

有了鹰的雄壮

沐过雨

羽翼更加光亮

穿过云

一览天际的无限宽广

春的盎然

沸腾了她火热的心脏

夏的多姿

灵动了她坚韧的翅膀

秋的斑斓

丰满了她收获的遐想

冬的冷静

让她在雾中也从不迷茫

一只小鸟

南来北往

无论在哪里落脚

日出时

都会面朝阳光

遥望当初起飞的地方

过　年

儿时总盼着过年
常屈指数着还有几天
不时翻出衣兜里的零钱
算计着能买回几挂小鞭
还惦记着妈妈的礼物
一双新袜子
两元压岁钱
那是艰辛岁月中的温暖
最喜欢的还是爸妈忙碌的身影
匆匆进出的脚步
喜不自禁的笑脸
凝结成我心中永远的甘甜

一晃儿已雪落发间
仍屈指盼着过年
惦记的是海外女儿回家团圆
不时翻出她的照片
揣摩着是否会有皱纹增添
一样样　把年货办得齐全
节日的菜单　调了一遍又一遍
早早就把她探家的活动安排满满
从除夕一直到她返程的那一天
睡梦中也未偷闲
提前把欢聚的场景演练

女儿回来了

一路风尘带回一腔思念

一个拥抱送上一份珍贵的贺年

女儿啊

快放下手中的行囊

让我们先把你仔细端详

看看是瘦还是胖

女儿啊

快坐下来喝杯热茶

道出你心中的万语千言

再听听爸爸为你创作的诗篇

女儿啊

快来品味妈妈为你准备的菜肴

把久违的美食饱尝

让我们举起酒杯吧

祝贺再一次的合家团圆

欢聚的时刻

不要泪花闪闪

除夕的钟声　报告着又一个春天

漫天的鞭炮正酣

让我们用满心的祝福

把贺岁的烟花点燃

2015 春节

迎女儿回家

晨曦透进房间
墙上女儿的写真照
又添了几分春光
远行的她
就要重回故乡

妈妈在忙
清理着女儿房内岁月的划痕
把它恢复到当年闺房的模样
擦尽犄角旮旯的尘迹
不愿让它报告这里的沧桑
换上崭新的床单被罩
为的是把女儿多年的疲劳
一夜扫光

爸爸在忙
安排着女儿探家的活动事项
把它制成精细的表格一张
盘算着她喜欢的饭菜

在采购的便条上
记下了一样又一样
抓紧调试不太稳定的宽带 wifi
确保女儿信息交流的通畅

几天来
笑意生动了爸妈的脸庞
忙碌中
不时把《常回家看看》的小曲
轻轻哼唱
老两口总担心
还会有什么事情遗忘
心里在算着一笔账：
怎样才能充值这数日的团聚
以抵回与女儿分别多年的时光

2016.4.16

童年真好

小时候家住县城
最喜欢捡路边的石子　铁钉
居室的一隅就成了仓库
妈妈说
长大后　你当保管员准行

后来在省城住的是家属大院
常常把竹竿当战马
与邻居孩子结队驰骋
爸爸说
长大后　就送你去当兵

那时候
特别喜欢油炸大麻花
诱人的色香味让你食欲倍增
心里在盼
长大挣钱后　一定要吃个尽兴

后来
又对香水梨情有独钟
姨妈每次串门都会买给我们

心里又想
长大后　就去果园当个梨农

有时
还天真地把手表画在腕子上
却埋怨上面的秒针一直在停
心中攒了那么多的期盼
快点长大就成了美梦

到了各种器官都已折旧的年龄
常常感叹
有梦陪伴的季节为何步履匆匆
童年多好
那里有纯洁甜蜜的心灵

2016.6.1

55

老 窝

现在

最喜欢的就是这个老窝了

它没有新意

但住着踏实

炎炎酷暑　这里清凉

数九寒冬　这里温暖

风雨交加　这里安宁

沉沉黑夜　这里光明

老窝里还有一个人

伴我走过岁月的坎坷

帮我圆了许多甜甜的梦

有这个老窝

我不怕自己老去

2016.7.2

浓浓的情

致知己

岁月渐行渐远
我们则越走越近

别离的时间虽然很久
但重逢后的你我依旧当年

因为投缘
思想也在一个轨道上热恋

2016.9.19

回绥化

二十几年前

我的汗水曾在这里流淌

那时的我

还是一株刚刚破土的新苗

在风雨中接受洗礼

这片肥沃的土地

用它的厚重将我揽入怀中

润以水分　滋以营养

使我收获了生长期的苗壮

从此这里的土路　庄稼　行人　楼房

一草一木　一砖一瓦

总是让我一遍遍地喜欢

更有一次次深情地回望

今天

一张张亲切的面孔

用真挚和热烈演绎着曾经的欢畅

历久的思情浓缩成重逢的气场

岁月的篇章在笑语中回放

老李已呈老态

表达也略显迟钝

可讲起那尘封的往事依然话语铿锵

老张的血管里安放着四个支架

若不是大家的阻拦

半杯白酒险些被他一口干光

老刘的身体仍很硬朗

谈起退休的日子更是神采飞扬

一再邀请我们做客他的农场

话语最少的还数老姜

笑眯眯地盯着你倒水　添茶

想说的话都写在脸上

还有老赵　老王……

真诚在年轮中绽出芬芳

情感依旧是陈酿的原装

鬓发如霜的他们

还是当年的那些模样

又一次温暖着我的心房

蓦地　我询问起没能到场的两位兄长

顿时　不见了满屋的欢笑和高昂
环视诸兄
一个个语气低沉　泪眼汪汪
我不禁责怪自己：
回来的路怎么走得这样长

朋友你令我感动

——赠给我的一位知青战友

茫茫人海中

只有一次相遇

然后就远航扬帆

追寻着各自的梦幻

足迹深深浅浅

沧桑丰满了双眼

四十年后虚拟世界里的一次漫游

又有了聚首的劳燕

深刻了尘封的记忆

完整着流年的碎片

是怎样沃美的心地

才能收获如此遥远的浪漫

那痴情燃烧的岁月

滋养了共同的心恋

这弛张给力的脉动

正输送着经年不老的情缘

逝去的如浪花飞溅
再现的正演绎经典
朋友啊　你令我感动
蓦然间　又回到了历史上的那一天

2014.8.1

我记忆中的尊贵

不要问他们的年龄有多大
都是普通的下乡知青
在让人失去尊严的日子
给我的记忆留下了两个字：自尊

他——
富农子弟　地道的"黑五类"
虔诚地进行着自我改造
打井时总是抢着在下面装点炸药
收工后的他完全是另一副模样
衣冠整洁　手握长笛
一首首动听的乐曲随风飘荡

另一位　被错进了"学习班"
每晚却热心地帮我们伐锯
一次　专案组的头头也找他帮忙
他却头也不抬：
你的活儿　也该与我划清界限

65

还有一位　在彷徨中学会了吸烟
这是年轮中的"污点"
收获的自然是冷眼和批判
一次　听到身后一声"流氓"
他依旧前行　放声自语：
"狮子不会听到狗叫就回头"

这些事我至今不忘
真的
无论境遇怎样
有了自尊就有了令人仰目的形象

2014.12.17

他有一副好牙齿

他有一副坚固的牙齿

咀嚼的功能特异

还不谙世事

就与父辈咀嚼过共和国的暴风骤雨

拔节蹿高时

咀嚼过用以充饥的野菜树皮

青葱岁月里

咀嚼过广阔天地的苦辣酸甜

赡老育幼的日子

咀嚼过持家创业的坎坷与压力

改革开放了

又咀嚼过下岗还家的无奈与迷离

一辈子咀嚼过许多的苦难与不幸

但骨头里却一点都不缺钙

如今已霜染鬓发了

牙齿依旧坚硬有力

不过那天正喝着小酒　听新闻
只见他眉头紧锁　怒目圆睁
一颗牙齿竟被咬断落地
眼角还挂着一行浑浊的泪滴

2015.6

在微网书院年会上的贺诗

当年

怀着被岁月燃烧的心灵

告别了那激情染就的沧桑

在年轮的天平上重新落脚

继续着共和国长子的儿女情长

日复一日

品尝着柴米油盐的平平淡淡

却耐不住失落文心的迷茫

脚下的路坎坷艰辛

百草园里的绿意却静静生长

默默地避开喧嚣　拒绝逐浪

精心地把一个个汉字组装

不奢望秋天里的果实累累

只求在笔尖下收获一点金黄

四十年后

科技狭窄了时空的立方

在现代人群的排列组合中

我们再度相逢

聚集到一个叫微网书院的地方

在这里
我们重进学堂
人人都是学生
个个皆为师长

在这里
我们敞开心灵的门窗
放飞了一双双生花的翅膀
走过了春夏秋冬
又渴望着明天的雨露阳光

今天
我们激情荡漾
聚首在这焕发诗意的地方
快快地放歌抒怀吧
无须华丽的辞藻包装
献上你的诗歌美文
也把远航的号角吹响

2016.7.15

注：微网书院是微信里的一个朋友群

不老的你们

——赠微网书院诸友

你们走路的姿态

依旧大步流星

你们讲话的声音

依旧洪亮动听

你们做事的风格

依旧风风火火

你们求知的欲望

依如当年奋进的学生

你们聚在一起

依旧有四射的激情

唯有脸上的皱纹

报告着奔七的年龄

你们是一群不老的知青

岁月燃烧过你们的忠诚

苦难磨砺过你们的心灵

沧桑迷茫过你们的眼睛

但血流里的责任与担当

让你们依旧坚定　能量守恒

LET SILENCE

让心

静

下来

你们未曾选择过自己的青春
如今却依旧与青春同行

情不老　天难老
只要心存阳光
就会有不朽的生命

2016.5.4

寻 觅

——回访离别 37 年的黑龙江省建设农场

我在寻觅

当年留下的那行脚印

它像一条岁月的小溪

静静地流入心地

化作人生的第一行履历

我在寻觅

当年住过的那栋老屋

它似一处青春的遗址

年轮的壮烈与沉重

镌刻在残旧斑驳的墙壁

我在寻觅

当年用汗水浇灌的那块土地

它曾是争雄斗勇的擂台

少年与天公的较力

壮美了北大荒的年年季季

我在寻觅

当年相守的那片桦林
它如一位慈祥的母亲
伸出温暖的双臂
揽入了我的心声与泪滴

我在寻觅
当年那些亲切的容颜
满脸的皱纹与甜蜜
给了我追梦的启迪
前行的脚步从此不再迷离

我在寻觅
当年经历的风和雨
它们已成五味的过去
但转换的能量一直在燃烧
至今还有剩余

2015.7.13

岁月回响（组诗十首）

——献给我的知青战友们

> 有人说　知青只是个历史的符号
> 那是对一代人的淡写轻描
> 我说　知青是个沉重的历史记忆
> 他们的担当与牺牲应向后人报告
>
> ——题记

1. 告别家乡

岁月的高温

把一代人的痴情点燃

领袖的一次挥手

我们便和城市告别

世纪大迁徙的洪流

正奔向一个叫"广阔天地"的战场

简陋的行囊

装满了父母的牵肠

辞别的沉重

没能压弯少年的脊梁

不要问明天怎样

我们心中只有理想

笛声长鸣

撕扯着父母的心房

拥挤发酵的亲情

瞬间化作了呼号的海洋

叮咛　期待　夹杂着彷徨

伴着北去的列车

在站台上倾泻流淌

远去了送别的人群

誓言从泪行中醒来

手抚胸前伟人的像章

我们依然激情荡漾

歌声响起　笑满车厢

迎着火红的太阳

壮志从这里起航

2. 人生中的第一次

是理想征程的第一行脚印

是人生磨砺的第一场实践

是与黑土地的第一次拥抱

是苦辣酸甜的第一回品尝

习惯了城市生活的少男少女

第一次住进了马架泥房

阴冷潮湿　没有灯光

狭小的空间还要与蚊虫共享

寒风袭来时就会被角粘墙

曾经握着笔杆的手

第一次抡起了锄杠

日晒雨淋　腿痛腰僵

掌上的血泡已结成老茧

在望不到头的田垄里　依旧话语铿锵

浩瀚的麦海丰满了心中的理想

第一次水中夺粮的滋味终生难忘

日晒虫扰　脚陷泥塘

战天斗地的歌声嘹亮

串串汗珠汇成了丰满的粮仓

第一次踏上了高悬的粮囤跳板

百公斤的麻袋立在肩上

紧张心慌　腿在打晃

瘦弱的身躯支撑着超重的分量

挺过去　才够战士的模样

第一次走进莽莽林海

空寂中传递着"顺山倒"的轰响

冰冻风袭　眉发结霜

喝着雪水辣椒汤

把三九天的严寒抵挡

第一次打井装点炸药

考验着战士的智慧与胆量

点火冒烟　速升井上

分分秒秒令人断肠

期待的就是那"嘭"的一声巨响

第一次迎向熊熊的烈焰

个个都是冲锋陷阵的形象

赴汤蹈火　奋勇向前

谁若犹豫退缩

那就是战场上的残兵败将

第一次在茂密的山林里夜行

黑暗中出没着野狼

毛骨悚然　意乱心慌

那是在恐怖线上的穿越

体会了什么叫走进绝望

第一次啊　第一次

次次都是苦难磨砺的课堂
有了你
我们知道了什么是成长

数不尽的第一次啊
一辈子都烙在心上
它锻造了我们生命的坚强

3. 除夕之夜

没有漫天的火花
听不到迎春的鞭炮鸣响
遥望高空孤寂的钩月
引出了我眼中的泪行

此时　远方的家
正是年夜饭举杯同贺的时候
母亲和弟弟们讲：
出去放挂鞭吧
也给你兵团的哥哥送个吉祥

这两年　自己离家虽远
但父母把心系在了我的身上
让我时时有温馨分享

可今天有点异样
这颗心无论怎样跳动
也走不出落寞与空旷
思念一旦落入了深渊
突然发现
其他的一切都没了分量

连队贺年聚餐的号声嘹亮
却未能惊动我凝滞的目光
我知道
家乡那边的父母在等待
今夜会有一声祝福来自远方

4. 家书

那是靠车轮和双脚传递信息的时代
网络的种子尚未发芽
思念被距离阻塞
焦虑被期盼增量
亲情在时空中寻找方向

有个场景让我们终身难忘
"来信啦！来信啦！"
那是连队通信员的激情报告

为干涸的岁月送来一缕清凉

情感的闸门瞬间开启

大家围拢着急切翻抢

一信在手的　话语高腔

空手而归的　失落挂满脸庞

这一封封往来的家书啊

是蹉跎中寄宿心声的营房

它把平安向家人传送：

这里住的是大铺火炕

这里的白面馒头很香

这里的劳动还能适应

这里的环境砺人成长

它也把家人的关爱与我们分享：

一次次地放下心来

父母和家人一切都好

一次次地生发感动

有困难父母与你分担

一次次地受到鼓舞

继续努力争取早日入党

家书中不乏善意的谎言

有我们对苦难艰辛的淡写轻描

和对广阔天地的美好夸张

也有亲人们对家境的温馨述说
和对突发变故的信息封挡
地头上　麦场边
油灯下　炕沿旁
我们读　我们写
我们盼　我们想

只要家书在手
我们就有了前行的方向
它融尽了岁月的酸甜苦辣
补充着我们战天斗地的能量

青葱岁月的一封封家书啊
如今早已纸页泛黄
一遍遍捧读回味
一次次泪流成行

5. 那盏小油灯

屯垦戍边最困苦的日子里
有一盏小油灯
始终伴在我的身旁
它静静地燃烧自己
让漫漫长夜有了丝丝光亮

它伴着我

与战友嬉闹

把入睡前的欢乐分享

它伴着我

体会家书中的温馨

为干涸的生活注入了清爽

它伴着我

读书写作　梳理思想

在毛主席著作中寻找方向

有它的陪伴

我不再寂寞　不再贪眠

珍惜每一个年轻的夜晚

没想到　这却让我们侥幸躲过大难一场：

那是 1968 年的一个数九寒夜

在兴安岭的一片密林中

在一顶拥挤的帐篷里

几十位战友已入梦乡

只有我和小油灯仍在静静地对望

突然一声惊叫："着火了，着火了！"

长长的草铺下蹿起了一团火苗

借着油灯的光亮

我拽起一件棉衣飞速冲入铺下

迎着火头猛地压了下去

分秒之间　　化险为夷……

抚摸着小油灯

我心生感慨

正是你的守望

保佑了这群可爱的小伙儿姑娘

打那以后

战友们的床头又多了几盏小油灯

那是夜幕里的一道风景

也是蹉跎中的一线希望

小小油灯啊

岁月沧桑

朦胧了我许多记忆

唯有你送出的光

至今仍温暖着我的心房

6.　我们那个连队

它镶嵌在北大荒油黑的土地上

一片简陋的平房

拖拉机　麦场　水井　食堂

还有那些悠闲的鸡鸭牛羊

把平淡简约的空间武装

在一栋筒子形的房屋里
有一块属于我的家园——
长长大炕上不足一米宽的地方
我把青春与激情在这里安放

这里的兄弟姐妹
年龄与我相仿
在花季里含苞待放
他们的南腔北调
报告着来自祖国不同的地方
北京　上海　天津　哈尔滨
每个人装配都是一个模样——
一身草绿军装
透过那一双双眼睛的锋芒
就知道他们不会畏惧战场

因为忠诚和担当
我们相聚在这片黑土地上
同睡一铺炕　同喝一锅汤
有泪一块流　有汗一起淌
我们相互搀扶　紧挽臂膀
伏天铲地　汗流浃背
一瓢瓢井水　传递着清凉
秋收割豆　腰酸背痛

一个个挥镰接助　缩短了垄长

做囤上跳　负重心慌

一声声鼓励　撑起了脊梁

生病发烧时

热乎乎的面条荷包蛋就是除病良方

想家难过时

贴心的慰藉温暖着冰冷的心房

有人负伤了

多少战友会为你牵肠

有人调动了

送别的有烧酒和希望

探亲归来了

家乡的美味与大家分享

两情相恋了

美好的祝愿让你心爽

进步入党了

他（她）就是砥砺前行的榜样

迎着春天的风　我们播种了理想

沐浴夏日的光　我们丰满了热量

饱览秋色的金黄　我们收获了成长

轻抚冬季的雪花　我们蕴育了期望

岁月的磨难带给我们许多困惑与迷惘

但战友间的关爱

却给了我们永恒的温度与力量

它为漫漫长夜注入了缕缕阳光

让干涸的心地有了一片绿意和清爽

因此　在艰苦的旅途上

我们也少了许多孤寂和心慌

7. 英雄情结

我们与共和国同生

在红色的海洋里成长

空气清新　水秀天蓝

灵魂被阳光温暖

思想由纯净包装

那是一个英雄辈出的时代

董存瑞　邱少云　黄继光

是走进我们心中的第一个形象

卓娅和舒拉　草原英雄小姐妹

是我们一生的不忘

我们的血液由英雄滋养

于是就有了浑身的豪情万丈

不要说千辛万苦

LET SILENCE

让心

静下来

不要说勇往直前

不要说身残志坚

不要说流血牺牲

无私无畏是我们不朽的追求

"一不怕苦　二不怕死"才是精神的高尚

因为英雄　所以理想

因为理想　所以勇敢

因为勇敢　所以坚定

因为坚定　所以无畏

于是我们拥有了

超越年龄的心理负重

超越自我的责任担当

超越世俗的精神境界

和超越生死的灵魂力量

有人说

这是喝狼血长大的一代人

我说

正是狼的血性给了我们特有的阳刚

8. 一个冰封的梦

当理想遇到了寒冬
一定会有冰封的梦境

终于
在一个甜蜜的夜里
见到了
另一种状态下的形象

英姿勃发的我告别了家乡
走进了一所大学的课堂
开始了人生追梦的启航
不断开发的天赋
挥洒在祖冲之的方圆
循着哥德巴赫猜想的隧道
一步步迈向斑斓的远方

我用英语与外教对话
在另一片天地里徜徉
眼中不仅是秦皇汉武
也有恺撒　耶稣
地球村里的故事多姿多彩

丰满着我逻辑运行的气场

二十几岁的我已初出茅庐
站在大洋彼岸的讲台上
满面春风侃侃而谈
报告着自己的学术思想
台下　身材高大的蓝眼睛们
正举头仰望　热烈鼓掌

一阵阵喝彩
让我从甜蜜的梦中醒来
哦 是连队晨起的军号嘹亮
新的一天又开始了
放眼窗外　柳梢吐黄
春天已向我们走来
大地正洒满阳光

9. 不要怨我们走得匆忙

不要怨我们走得匆忙
我们在追逐自己的理想
从小就怀着大学的美梦
如今总算如愿以偿

不要怨我们走得匆忙
我们正奔向城市的工厂
虽然身份就要转换
不变的还是这手上的老茧

不要怨我们走得匆忙
我们将去为父母顶岗
坐上老一辈的班车
前路由我们自己开创

不要怨我们走得匆忙
我们需要修复身体的创伤
当初英姿勃发的儿女
如今不得不住进医院的病房

不要怨我们走得匆忙
我们去服伺家中的爹娘
尽上儿女们的孝心
别再让老人泪眼汪汪

不要怨我们走得匆忙
也不必替我们挂肚牵肠
北大荒的风霜雪雨

历练了我们翅膀的坚强

不要怨我们走得匆忙
岁月在我们的心底珍藏
有黑土地上那深深的足迹
无论前方的路怎样曲折
我们也不会迷惘

10. 我们的名字叫知青

是红旗下长大的第一代少年
从小就有远大的理想
革命传统是我们的精神武装
英雄的足迹为我们一路导航
肥田沃土　蓝天秀水　灿烂阳光
让我们成长得根深苗壮

我们激情满腔
浑身力量
青春没有选择
一生都交给了祖国　交给了党
上山下乡
义无反顾
任父母泪流成行
战天斗地

无私无畏

敢叫山河换新装

几十年来

我们甘于奉献

献过青春献子孙

许多人还献出了养家糊口的那班岗

如痴的忠诚与担当

铸就了我们人格的坚强

至今仍在传递着正能量

不要说我们两鬓如霜

相聚在一起

还是当年的话语铿锵

不必争论什么悔和怨

毕竟我们已走进小康

快乐与坚强才是我们生命中的阳光

可亲可敬的一代人啊

历史怎能把你们遗忘

一个伟大的名字——知青

将永远在共和国的史册上闪亮

2015.4

哈青之歌（组诗四首）

——纪念哈青建场 50 周年

1. 有一个地方叫哈青

在黑龙江省的版图上
寻觅不到它的身影
现在的它只是一个小小的村落
无法用符号标清
在祖国北疆屯垦戍边的史册上
也没能留名
它存在的时间太短
如浩瀚长空中闪过的一颗小星
唯有我们
一辈子都被它魂牵梦萦
风雨洗不尽对它的思恋
沧桑凝重着不老的深情
它就是我们年轻的生命

在那块神奇的黑土地上
饱含着我们的汗水与激情
镌刻着我们的悲壮与牺牲

在那片静静的白桦林中
珍藏着我们的向往与梦境
记载着我们的哀乐与心声
我们的青春在那里绽放
我们的理想从那里启程
它用苦涩与艰辛
厚重了我们清纯的心灵
我们用坚强与高尚
回报了它磨砺的馈赠
它的品格与情操
铸成了我们特殊的人生
我们和它气息想通
血脉相承

几回回
睡梦里紧紧拥抱着它
几声声
心底里深深呼唤着它
一个令我们荡气回肠的名字
——哈青

2. 走进兴安白桦林

那是理想征程中的第一行脚印
镶嵌在兴安岭的一片白桦林中

1966 年的初春

一群来自哈尔滨的年轻人

壮志满怀　豪情万丈

在"屯垦戍边"的旗帜下

一路高歌　斗志昂扬

站在茫茫的黑龙江畔

振臂向祖国报告

我们来了

在这里建设边疆　保卫边疆

一件件简陋的行囊

满载着改天换地的理想

一张张稚嫩的脸庞

透射着无私无畏的坚强

一身身草绿的军装

焕发着蓬勃的生机与力量

不要说我们年轻

我们知道肩上的分量

不要说我们痴狂

我们清楚脚下就是战场

有巍巍兴安　我们登高远望

有皓洁白桦　我们心地高尚

有一腔热血　我们志坚意刚

有兄弟姐妹　我们铁壁铜墙

在这里

我们点燃火种　扎下营房

在这里

我们挥汗如雨　垦荒种粮

在这里

我们紧握钢枪　抵御豺狼

在这里

我们燃烧青春　奉献衷肠

我们来了

静静的黑龙江水　舞蹈欢唱

我们来了

莽莽的白桦林海纵情奔放

祖国的北疆啊

你的忠诚儿女们

就在这里大干一场

3. 苦难磨砺的青春

自从踏上这片神奇的土地

我们便与苦难结缘

不要说这里水秀天蓝

不要说这里白桦青山

那兴安的高寒与荒蛮

才是拓荒者的盛宴

草棚　泥房　地窖子

住进去　也透风寒

冰雪　沟塘　塔头水

喝下去　就是甘甜

黏馒头　糠麸子　大麦粒

把呼号的胃囊充填

小咬　瞎蠓　恶蚊子

让肌肤血迹斑斑

那烈日下的和泥盖房

多少棒小伙儿累倒在泥坑边

那黑洞洞的井下排除哑炮

每一次都是与伤亡的擦肩

那秘密丛林里的孤身夜行

体会了什么才叫毛骨悚然

还有那三九天在林海中喝着雪水辣椒汤

让我们想起了当年的抗联

白桦林里的哈青人啊

用一腔热血向荒蛮宣战

在拖拉机的轰鸣声中

荒原奉献出万亩良田

在哈青人的汗水里

边塞变成了欢乐的家园

是理想的执着与坚定

让我们豪气冲天

是年轮的痴情与忠诚

为我们的灵魂助力壮胆

那用苦难磨砺的青春啊

是我们人生中一抹带血的斑斓

4. 激情在这里燃烧

那是一个崇尚英雄的时代

壮怀的故事伴着我们成长

生命中早已注入鲜红的基因

于是就有了我们血脉的沸腾

从此　理想不再空旷

它是脚踏实地的行动和担当

从此　精神不再迷惘

它是舍弃自我的奉献和牺牲

有人说

哈青人的血液里涌流着激情

我们说

激情为哈青人一路壮行

因为激情　我们聚集到哈青——

一个用高寒和艰苦写就的地名——

因为激情　我们苦干奋斗

在风霜雨雪中提炼着阳刚和血性

激情给了我们力量

再柔弱的身躯也能挺起超负荷的沉重

激情给了我们勇气

生死关头伟岸着一个个奋不顾身的英名

金学和　阎启庸……

集结在激情的旗帜下

我们手挽手　肩并肩

血肉相连　朝夕与共

筑起了钢铁的阵营

向着苦难和荒蛮冲锋

迎着危难与牺牲前行

壮烈的就是英雄

幸存者依旧坚定

披荆斩棘　一路歌声

战天斗地　驰骋纵横

无私无畏的哈青人啊

今天　我们已不再年轻

但我们的血脉里依旧涌动着热能

我们的灵魂里依旧凝聚着忠诚

激情仍与我们同行
不必沉湎于年轮的伤痛
也无需追诉青春的牺牲
当夕霞漫天的时候
我们又开始了一个新的梦境
哈青将在我们的生命里永生

2016.8.5

"知青" 这张名片

"知青"这张名片
是历史赠予我们的桂冠
不管走到哪里
无论曾否谋面
只要呼唤起这个名字
就有了一张张动情的笑脸
相逢　把沧桑的火花点燃
回眸　沸腾起我们共同的心恋

我们心恋那片油黑的土地
那里浸含着我们洒下的血汗
掩埋着我们生命的梦幻
蘸着北大荒的冰霜雪雨
我们曾把苦难丹青成浪漫
一颗颗火红的心啊
用激情的血流向岁月浇灌
偶尔也有低廉的期盼
何时能让这无边的田垄变短

我们心恋那个温馨的群体

痴情的基因将我们结缘

朝朝暮暮　风雨同舟

彼此就是相依的大山

纵有风吹浪打

也无法将它震撼

一个个胸有朝阳的儿女啊

意志比钢铁还坚

青春与热血转换的能量

对冲着北大荒的沉寂与严寒

我们心恋那份情感的纯真

那是残疾时光中健康的灵魂

它将干涸的心地滋润

有多少两情相恋

曾被岁月中的无奈与冷酷拆散

但我们仍守望年轮

一群群青葱岁月的姑娘小伙啊

虔诚地笃信着又一个明天

用忠诚构筑着情爱的营盘

唯有梦中才能品尝花季蜜甜

我们心恋那些深深的足迹

那里镶嵌着青春灵动的身影

珍藏着用拼搏和坚韧演绎的片段

即使地老天荒

也让你梦萦魂牵

一段段刻骨铭心的故事啊

述说着当年的牺牲与奉献

既有"敢叫日月换新天"的豪壮

更有对春天的向往和期盼

"知青"这张名片

内涵无限

印满了苦辣酸甜

唤回了青春流年

读着它

苦难的风流涌满心间

不管失去了什么

还是得到了哪些

已无须悔怨

毕竟岁月越去越远

而我们则越走越近

今天让我们再次举杯祝愿

冷冷的瞽

首长，请你思量

一位年轻的首长
头发乌亮　衣着笔挺
打扮得有模有样
走起路来　踏着标准的官场步点
当然也享受着
航班里的头等座舱
但是临下飞机的那一幕
却变异了他的形象

飞机落地
客舱过道上
乘客们整理着行囊
几位蹒跚老人和怀抱婴儿的妇女
早已排列成行
突然　首长的随从高声叫嚷：
"让一让，让一让
请首长同志先走"
瞬间便拨开了拥堵的人墙

我不相信自己的眼睛
却看到了《列宁在十月》中

LET SILENCE
让心
静下来

107

一张可恶的脸庞
以及那句"让列宁同志先走"
可那是一个暗杀的阴谋
与相拥的群众隔离后
列宁同志真的挨了一枪

眼前
这位年轻的首长目不斜视
离去的脚步理直气壮
忘情地享受着特权的气场
我思忖
这司空见惯的"让首长同志先走"中
是否有人也会被什么子弹射伤

蓦地
我又看到了泰坦尼克号
在它行将沉没之际
那些绅士们的生命礼让
我还想到了战争年代
在生死关头
老百姓舍身保护子弟兵的悲壮

此刻

我心惆怅

头等舱的首长啊

在你行为的词典里

是否还能找到"群众"二字

在你人性的天平上

身份的砝码真的就让品格失去了分量

年轻的首长啊

有些话请你思量

是人民的乳汁

丰满了你的翅膀

当你高高飞起的时候

请不要忘记

大地上还有生你养你的爹娘

2016.2.18

一个人的四季（组诗四首）

春

都知道你喜欢春

那一年

你曾把希望的种子

播撒在一块油黑的土地上

虽然没有理想的收成

但青春的脉动

还是让你激奋无比

我发现

你很能与年轮同步

几十年后的又一个春天

你也从冰封中走来

还痴迷于某种宗教

昔往的忠诚与执着

早已被脑后的那块骨头异化

总是喋喋不休

控诉着身体里祖宗的基因

我茫然

这就是你春季里的复苏

夏

那些年

夏的炽热让你长得有模有样

如同一朵盛开的鲜花

曾吸引过多少路人的眼球

可不知为什么

随季节变换

你却对夏满腹牢骚

硬说它的温度没能带给你持久的烂漫

还常常编织着夏的劣迹

这也让我有了几分不解

究竟是怎样的气候和土壤

才能让你永不凋零

秋

你说现已是秋

季节的成熟

早就让你把热情装入了阴暗的库房

这也使你的血脉没了温度

令人不解的还有

你总在嫉妒邻家田园的丰硕

断言那些都是转基因的果实

因此我对你也有了疑问

在你那块歉收的土地上

是否出现了进化中的变异

冬

你告诉我

冬的严寒能让人冷静清醒

没想到

你却把冰冷摆上了餐桌

当作了一道下酒的小菜

随意给人食用

其中还包括让人敬仰的英雄和老人

莫不是把他们也一起冰封

从此我对你也多了几分警惕

不再与你同餐共饮

宁愿自己空腹

2015.10.29

超市所见

在超市里的菜摊旁

恍现了一张病床

不经意间就会看到一个病态的脸庞

不要迷信她的华贵模样

举手投足透视出她的内伤

那早已变形的双手

正忘情地剥去白衣女郎的外装

哦　那弯曲的手还不止一双

瞬间　菜摊上落满了疯狂

眼中这一叶叶一堆堆

让我有了层次的迷惘

我沉默

一个个如此精心呵护自己的胃肠

怎么看上去还是营养不良

2016.3.16

致整容者

1

为了取悦别人的眼神

不断折磨自身的零件

完善着一个不知是谁的人

由路人点评

让朋友陌生

2

不要只想着走出平淡

那会让你远离真实

一个虚拟的形象

也会虚荣一个纯洁的灵魂

伴有流血的浪漫

3

生活的温度靠自己调节

不必随别人的脸色变迁

再鲜艳的花朵也会凋谢

顺乎自然

最美的风景在心间

2016.9.17

某拜佛人

我对佛教知之不多
对拜佛人却见得不少
求财　谋官
避祸灾　祈平安
形形色色
格外虔诚

于是大把的钞票
点燃了手中的高香
在俯首跪拜中
默诵起深埋的心愿
拼凑着一厢情愿的美梦

我自问：宗教是一种信仰
庙堂之中却欲望横流
菩萨脚下有谁在扪心自省

我暗叹：高洁的信仰难道也被承包
尘界的残枝败叶竟混到这里寻求安生
泥泞的路上真的会有绿灯放行

高高在上的佛神啊：请擦亮你的眼睛
莫让那些世间的杂陈
在这里求证金钱的万能

2014.7.19

吸烟者

吞云吐雾时

他喜欢静静地思考

偶尔还会面对

一张"禁止吸烟"的广告

这双眼

年轻时

这双眼是远视

但近前的景物仍明晰可见

那时的天很蓝

看什么都一目了然

现在

这双眼的功能明显下降

尤其是 PM2.5 有些肆无忌惮

模糊了千姿百态的尘界影像

看什么都常常走样

比如

看上去是位正襟危坐的君子

怎么转眼就变成了阶下之囚

昨天还是银屏中的闪亮形象

今天却成了镜头里的老虎苍蝇

还有　没了拒绝功能的那双手

怎么只会写"金钱"二字

就连那能称重良心的天平

怎么也让贵金属压得没了分量

我困惑

究竟是出现了眼疾

还是事物的变幻

这也让我有了视觉的期待

期待着阳光明媚

期待着风清气正

到了那一天

肯定看啥都不再走样

2015.4.2

权力的任性

权力也会任性

为自己赚取无尽的空间

因此　也有了许多变异的功能

它变成了虎狼的胃肠

能把法律消化殆尽

它变成了寻租的平台

在交易中丰满着膨胀的欲望

它变成了蛮横的路障

若想从此过　留下买路钱

它变成了衣冠楚楚的铁拳

击碎了无助的西瓜　鸡蛋

它明修栈道　暗度陈仓

忘情地把小麦大豆升华为别墅洋房

在变奏曲中狂欢的权力

有些忘乎所以

不知自己身从何来

还要迈向哪里

估计又有了新的盘算

但是明天也许会霹雷闪电

上空还有一柄高悬的利剑

2015.3.25

迷　失

一把钥匙遗失了
于是灵魂闭锁　没了方向感
苍老　腐朽　蜕变

迷失的猴鸡狗猪有增无减
前赴后继地追逐狂欢

有正襟危坐的低吟浅唱
有下里巴人的自娱自乐
也有阳春白雪的倾情咏叹

春光在追逐中逝去
筋骨在追逐中折断
贞操在追逐中腐烂

畅想着柳暗花明的人还在寻找
期待着找回那把钥匙的一天

2015.1.1

虚与实

虚拟的世界
离不开真实的支撑

真实的世界
却有着虚拟的横行

除夕

钟声　把一场战争催响
瞬间　炮声隆隆　硝烟弥漫
大街小巷　鲜血流淌

多余

有个段子说：
买一部高档手机　许多功能都不会用
开一辆名牌汽车　再高的速度也是多余
住一栋豪华别墅　大部分面积却在闲置

于是我想到了
那些一辈子给儿女当牛做马的人
那些睡梦里都想娶妙令女郎的人
还有那些喜欢收藏金银财宝的人……

迷 茫

这些年

财富已转化为他的形体

将军肚　伙夫脖

两片肥厚的腮帮

一双聚光的眯眼

还有那张大分贝的嘴巴

满脸都贴满货币标签

展示着时下土豪的风采

这些元素让人深信

他的进账与身段同步增长

他的价格与仪表大体相称

在市场的大潮中摸鱼

与那只看不见的手相依

灵魂不断地为价位腾出空间

喜欢与群星为伍

和白天基本划清界限

已无需灯光引路

他还总是唠叨：

光亮多了　影子就会乱

证　明

没人在意他的身价

微信圈里连载着他的满面春风

与名人齐肩

与美女相拥

在豪宅里嬉戏

在媒体上亮形

反复游动的光鲜

麻木着我的神经

也疲劳了我的眼球

朦胧中　仿佛窥到了他与柳絮的私情

2016.5.24

虚 荣

沸腾的神经
借酒劲升温

轻浮的飘絮
借风力张扬

夕霞里的他
仍喜欢这把酒临风的感觉

当然
夜幕下
满天星辰捧出的那尊孤月
更是他心中的向往

2016.9.4

关于梦

有人说　失眠的人没有梦

这无疑是废话

我记得　很小的时候也不太做梦

那是由于童真

估计见识广的人肯定多梦

有时梦境很美

早晨起来还在回味

偶尔也有噩梦的时候

不禁要惊出一身冷汗

更有甚者

在梦中还会发出挣扎般的吼叫

当然　还是做美梦的人幸福

甜蜜　温馨　踏实

我相信：好人才有好梦

也知道：夜长梦多

2016.9.8

醉 酒

昏昏沉沉

仿佛

在另一个世界里游走

体验过死去活来

突然发现

身体的各种器官都已生锈

从头到脚无处不在抱怨

别再用热烈干杯

我又一次发誓：远离豪爽

2016.9.20

有这样一片植物

有这样一片植物

生活在人烟罕至的地方

叫不出都是啥名

它们也不认识化肥 农药

无需什么元素助长

当然更没见过汽车 火车 拖轮

它们不愿意和人类交往

担心一旦结交了什么权贵

迟早会被出卖

甚至会造成家族的灭亡

它们喜欢封闭的生活

安闲地在这里传宗接代

春天来了

就会增添无数个生命

无需谁为它们接生

更不用进行 DNA 的鉴定

绿色的着装就是生存的通行证

它们平静的生活

也会遭到风的侵袭

常常拐走一些幼小的生命

甚至还会折断那些年迈的脊梁

但它们从不悲伤

因为这不会影响族群的兴旺

雨露阳光是可靠的朋友

因此 日子过得滋润和祥

伴有许多幸福的遐想

2014.12.30

不见了那片诗林

年轻时的我

喜欢在浩瀚的诗林中漫步

那里清新的空气

给我稚嫩的大脑补充营养

那里明媚的阳光

为我空旷的心地注入能量

那里幽静的小路

引我在漫步中修整思想

那里潺潺的溪流

滋我干涸的细胞以欢畅

那里迷人的绿地

使我多彩的情感不再流浪

那里鸟群的叽啾

让我的歌声有了浪漫的回响

那里妩媚动人的景象啊

持久着我生活的激情荡漾

LET SILENCE

让心

静

下来

年逾花甲的我

凭着美好的记忆

再一次深情地探访诗林

眼前的朦胧却让我迷茫

小径　溪流　鸟群已没了踪迹

植物林林总总　却难动心房

怎么也觅不到那葱绿的浩荡

我自责　肯定是自己迷失了方向

究竟是衰减的视觉　硬化的动脉

还是年迈的智商

竟辨不清眼下的勃勃景象

我自励：一定要尽快康复

学会欣赏那些新生林木的异样

2015.1.16

谁动了她的伤口

谁　在温柔地掀开她的伤口
将疤痕又一次曝光
唯恐她把疼痛的感觉遗忘

谁　在悄悄地往那伤口上抹盐
把撕裂重新引入她的心房
唯恐她对绝望的理解还没有质量

谁　在忘情地钻进她的伤口里嬉戏
任禽兽的快感在她的悲情中流淌
唯恐她沉重的步履迈得还不够坚强

这个偏爱她伤口的人
有着大家熟悉的形象
他　尖嘴猴腮 其貌不扬

由微信想到的

科技火箭般地飞行

把遥远的距离拉近

比如宇宙与地球

天南与地北

还有人与人

这也让太多的梦幻成真

躺在床上　方寸之间

尽览五洲风云

一张看不见的网　让人们如醉如痴

只是日益疏远了书籍　亲情和年轮

我突发奇想

某一天

当人造大脑和心脏被广泛应用时

还能否用它来传递爱恋和忠贞

2016.5.7

关于风

酷热烦躁时
风会把清凉送给你
让你对它多了几分欣赏

对风绝不能过于信任
有时它很张狂
会动摇你的主张

更不要听风就是雨
千万别把昨夜的梦告诉它
瞬间就能给你吹遍大街小巷

歪议风筝

有风的误导
它不停地向上攀爬
高傲地悬在空中
俯览大地
下面的景物越来越渺小

只要风在吹
它就想飞得更高
无奈 一根绳索紧紧地将它束牢
只能在回归和挣脱中飘摇
终有一时
都要跌落到地上
也许还会伤到脊梁或腿脚

爽爽的行

呼伦贝尔草原之恋 （组诗四首）

我要去大草原

岁月的藩篱

狭小了我生命的空间

我不想

跟着它老去

似一片秋叶飘落地面

我要做一只放飞的鸟

直插云端

在地球村里

寻一块绿色的草原

让灵魂在这里驰骋撒欢

走进呼伦贝尔草原

千里迢迢赶来

为的是一览你的风采

你的大气豪放

是我多年的梦中期待

今天　一见钟情

抑不住心跳怦怦加快

在你淡定宁静的气场里
我有了初恋般的激情澎湃
在你洒满阳光的坦荡中
怒放了我逝去的青春百态
我无法自已
怎能不醉倒在你宽敞柔嫩的胸怀

迷人的绿衣女神啊
短暂的相见
留下了我久远的思念
有个心声应向你表白
今后
没有谁再能走进我的心里来

草原的早晨

晨风　撩开了我的眼帘
与早醒的绿衣女神撞个满怀

湿漉漉的阳光
把岁月照得多姿多彩

毡房前
牧羊人用甜蜜的眼光看着我
送来一缕温暖
草原上
我抚摸着叶片晶莹的露珠
又添了几分醉态

你就是大海

我知道
你也是大海的一脉
呼伦和贝尔的基因
丰满成你苍茫的气派
浪涛在这里有了迷人的风采

大地的厚重
给你铺就一张温馨的产床

绿色在这里传宗接代
太阳的无私
任你蕴藏起无穷的热量
生命在这里竞放光彩

美丽的呼伦贝尔草原啊
你用胸怀涵养着万物
因此
也有了生生不息的澎湃

2015.6.20

走进西柏坡

第一次听说西柏坡
还是在中学的政治课
老师来龙去脉讲很多
只有一句话记住了
毛主席带领人民
从这里走进了新中国

第一次见到西柏坡
那是在电视的画面里
河北平山一个小山坡
坡上有一片土房像窝窝
开国元勋们在这里住
指挥着三大战役奏凯歌

第一次关注西柏坡
是在大学里听讲座
七届二中全会似灯塔
照亮了进城执政的前行路
毛主席亲自敲警钟
莫让新生的政权变颜色

LET SILENCE

让心

静下来

多年来一直仰望西柏坡
我心中的圣地精神的河
总想去那里的会场坐一坐
听听毛主席是怎样说
也想循着先人的足迹走一走
丈量脚下的步点错没错

今天　我终于走进了西柏坡
心潮澎湃涌思波
当年的钟声犹在耳
物是人去故事多
进城的人有百千万
是否这里都来过

2017.5.10

又到大寨

又到大寨
是为了一个求证

半个世纪前
出于奉献　也是求生
一个几十户人家的穷山村
效精卫填海　劈山造田
轰轰烈烈　远近闻名
于是　它成了一面旗帜
舞得神州大地风起云腾

然而
岁月却无情地漂洗着它的光芒
风雨也不断为炙热降温
激流退去
小山村里似水平静
当年那颗闪亮的星啊
已成为一代人眼中的陌生

今天
我又来了

用一双探寻的眼睛
关注着这里的阴和晴
扫描着这里的云和风
想看看七沟八梁一面坡是怎样的风景
想听听虎头山上正洪亮着何种旋律的歌声

于是
我登高远望
收尽满山果林的苍茫和丰盈
当年的层层梯田已难觅踪影
我走街串巷
震撼于村落里现代楼群高耸的阵营
当年的土窑陋室早就演绎成远去的风情
我察访打听
看到了家家户户的兴旺门庭
和男女老少的满面春风

此时无声胜有声
这里用富足报告着与时代同行
用双手证明着初心永恒
我动情

这里给了我一个辩证法的实证

精神和物质该如何转换

什么才是事物的否定之否定

久别的大寨啊

你依旧年轻　铁骨铮铮

来时

我曾带着关于你的疑问声声

现在

我要再一次用感动向你致敬

2017.5.9

再别老街

近几年
每临霜降的日子
都会去和这条老街道声再见
因为
要去南方的一个海岛享受碧海蓝天
担心半年后
这街也会像我的脸一样
又有几道皱纹增添

我知道
自己的想法有些多余
街和人怎能比肩
老去的人难免一缕青烟
无论你生前怎样的风光
终将淡出人们的视线
老去的街则不然
越老越有内涵
只要用心呵护
就是一张不朽的名片

眼前的这条老街

我为它骄傲了许多年

古老的欧罗巴式建筑

深沉的花岗岩路面

满街的俄罗斯商品店

诱人的马迭尔面包　华梅西餐

还有街头

一处处悠扬的管弦

一群群舞者的笑脸

一排排画师的悠然

一个个靓丽姑娘的养眼

每次在这条老街上流连

都是一次幸福的体验

温暖着我的血脉

滋润着我的心田

因此与这条老街辞别

总有一种更为凝重的期盼

我相信

它不会真的老去

春风吹来的时候

又会带给我新的生机与浪漫

2014.10.23

登凤凰山

崎岖　陡峭
虽有登攀的小路可循
但这双腿脚
早已疏远了我的大脑

呼吸在向我报告
已不是当年那只猎豹
即使再安上百十片肺叶
也不会有狂奔的骄傲

路边有个警示劝导：
55 岁以上的人莫要再攀
我思忖：
66 岁的我偏要与青春赛跑

还有什么能够依靠
每一步都是意志的燃烧
只有它
现在仍未衰老

不去叹山路之遥

只沉湎步履积累的辛劳
艰难向上的一尺一寸
都包含着无限的崇高

能量的输出
收获了登高远望的欢笑
眼前一扇窗子忽然开启
啊　风景这边独好

2014.8.17

"万亩大地号" 感怀

走进这里
便醉入了浩瀚的海洋
它不是深蓝
更不是艳红
而是一望无际的金黄

儿时曾迷恋海洋的深蓝
那里装着我天真的梦想
品尝过它淡淡的咸
更惊叹它摧枯拉朽的疯狂

在痴情燃烧的日子
也感受过漫卷山河的红色海洋
它淹没了我的青葱岁月
留下了一道道心灵的划伤

今天　我沉湎于这金光璀璨的海洋
它激发着青春血性的阳刚
成熟的稻香　丰满了久违的胸膛
满目浩荡　张扬着排山倒海的力量

走进这里

收获给激情插上了翅膀

喜悦在丰硕中怒放

脚踏实地的气场

打开了寂寞多年的思想：

物竞天择　　造化了蓝色的海洋

痴情迷惘　　演绎成云涌的红浪

科学创新　　绘出了这耀眼的金黄

游弋在无垠的稻浪里

我心激荡

脑海中闪动着一段段流年影像：

荒芜的泥塘　　呼号的野狼

转业的官兵　　下乡的知青

还有那精卫填海的英勇悲壮

　几代人的血汗

终于凝成这生生不息的辉煌

2014.8.12

LET SILENCE

让心
静下来

155

三亚的风真爽

三亚的风

无论怎样吹

也没能把大地吹凉

却吹出了四季如春的景象

还把清新的空气　灿烂的阳光

吹进了一群北方老人的心房

于是　美丽的三亚变成了候鸟的天堂

远离了雾霾和严寒的恐慌

他们在这里放心地筑巢栖养

一群群　落满大街小巷

他们痴迷这里的碧海蓝天

聚集成不同的阵形

叽叽啾啾　任性飞翔

每个日出日落

都会披一身霞光

纵情地舞蹈歌唱

他们一个个鬓发如霜

动情地演绎着童真的疯狂

心花伴着南海的波涛绽放

他们逢人就讲：

三亚是我们的第二故乡

这里的风真爽

把老树都吹出了返青的模样

2016.1.7

LET SILENCE

让心

静

下来

清水湾之恋

所有的色彩都在这里争艳
海的深蓝
沙的金黄
椰林的苍绿
三角梅的嫣红
六色五颜
丹青出壮美的山水斑斓

所有的线条都在这里交汇
海湾的长弧
林路的蜿蜒
远山的起伏
阡陌的纵横
把 12 公里的海岸
谱成了生活乐章的五线

所有的清新都在这里集聚
清澈的水
清秀的山
清爽的空气
清蓝的天

得天独厚的生存资源
让生命的每一个细胞都活力无限

所有的静谧都在这里凝固
似毡的草坪
通幽的曲径
精美的小园
林荫下的读书人
小镇的温馨魅力
给追梦者又一个理想的彼岸

所有的欢乐都在这里绽放
大海中的劈波
球场上的竞技
月光下的歌舞
镜头里的瞬间
无论何种向往
在这里都有放飞羽翼的空间

所有的情感都在这里升华
相依的老伴

LET SILENCE

让心静下来

绕膝的儿孙

热情的近邻

新交的知己

日子里流淌着满满的温情

那是雅居者用爱心滋养的浪漫

美丽的清水湾啊

你是 18 度纬线上的一颗珍珠

在这里

海天送锦绣 无处不飞花

月下三杯酒 日来一壶茶

走进这里

知道了什么是人间乐园

生活在这里

品味了什么叫比蜜还甜

深深地爱恋着你啊

迷人的清水湾

你把幸福的灵丹注入心田

我们的第二人生在这里启航扬帆

走进意大利

发达的天路

打开了神秘的尘封

越过万水千山

走进了浩瀚的历史星空

我震撼于古罗马斗兽场的雄伟

虽有断壁残垣　补旧的青砖

也难掩跨世纪的壮观

仿佛那兽的凶猛与斯巴达克斯的英勇

正演绎着流血的恢宏

愉悦着权贵者的颜容

积淀着历史的沉重

我探寻着佛罗伦萨的内涵

每一条街路都承载着一世文明

每一栋建筑都报告着一方辉煌

每一座雕像都演绎着一段历史

达、米、拉^注用传世的双手

绚丽着艺术的神工

迷人的《神曲》飘荡在中世纪的上空

一部《十日谈》记录了数百年的生动

LET SILENCE

让心

静

下来

我醉心于威尼斯的幽深

水下森林支撑起千年的小城

贡多拉驯服了波涛的汹涌

商道在马可·波罗的脚下畅行

那水晶的闪亮与水城的幽静

彰显着罗马人生生不息的文明

走进这里

尽染文化的芬芳与葱茏

教堂　雕塑　古典建筑

历史　艺术　时代精神

衔接着我大脑中的断层

它明亮了我看世界的眼睛

2014.6.6

注：达、米、拉，指文艺复兴时期的"美术三杰"，即达·芬奇、米开朗琪罗、拉菲尔。

瑞士风光感怀

这里　让我的双眼不再游荡
青山　绿水　草地　牛羊
使挑剔的目光没了射击的锋芒

这里　让我的脉动不再慌张
清新　纯洁　幽静　舒爽
给乏氧的血流注入绿色的欢畅

这里　让我的梦境不再彷徨
雪峰　层林　小径　洋房
为短路的思绪插上了放飞的翅膀

这里　让我的心地不再空旷
自由　祥和　富贵　安康
让追梦桃源有了鲜活的榜样

天公妙笔丹青的画卷啊
分明是浓妆艳抹的靓丽姑娘
萌动了我日渐苍老的心房

2014.6.7

于瑞士少女峰下因特拉肯 温根小镇

浪漫巴黎

有人说巴黎的浪漫

是因为那里有一个红磨坊

其实　那夜舞台的火爆

并非形体的性感诱惑

是唯美的追求

漂白了带色的目光

有人说巴黎的浪漫

是因为驰名世界的时装

其实 那引领潮流的高雅和华美

岂止名媛淑女所求

品位和审美的写真

何人不为之翘首赞赏

有人说巴黎的浪漫

是因为那里的摩登女郎

其实　她没有流光溢彩的张扬

伴着香水的芬芳和高跟的回响

演绎着优雅多姿的形象

塑造了独特的华贵和时尚

有人说　巴黎的浪漫

是温馨的咖啡馆装扮着大街小巷

其实　那满腹文章的法兰西人

追寻的就是语言挥发的气场

太阳伞下　一杯在手

就是他们追求的高尚

塞纳河的流水啊

用绵绵微波滋润着万种风情

浪漫着生生不息的现代文明

身临其境　心清气爽

无论你来自哪里

都会萌生别样的生活向往

2014.6.10

瞻仰列宁遗容

一股股
血流涌动
一个伟大的名字
哽咽了我的喉咙

一步步
落脚轻轻
就怕发出声响
惊到睡梦中的英灵

一眼眼
仔细端详
只想把他不朽的形象
全部融入心中

一阵阵
遐思萌生
假如他是今天的舵手
将会开辟一个怎样的航程

一次次

俯身鞠躬

送去我心底的崇敬

这也是和伟人难舍的辞行

2015.6.27

伫立在安徒生铜像前

没想到

今天 终与你相逢

在哥本哈根的街头

一顶毡帽

一根拐杖

一部书籍

一双皮鞋　还有些陈旧

儿时

你在我心中是个谜

经常在一个个引人入胜的故事里

寻找你的身影

那斑斓的童话王国中

肯定也会有你的精美小楼

来到你的故乡

才知道

除了童话　你别无他求

在你告别生命时的衣袋里
除了心恋的姑娘那泛黄的信笺
连一枚硬币都没有

看过《卖火柴的小女孩》
我懂得
即使燃尽多少盒火柴
也不会温暖她冰冷的血流
而你的一个个童话
却热遍了整个地球
一代又一代人
都在你多彩的世界中遨游

安徒生先生啊
你才是真正的富有
今天我斗胆向你开口
请你和我一起走进相机镜头
整个人类都是你的朋友

2015.7.7

LET SILENCE

让心静下来

观丹麦美人鱼铜像

是期盼
一年又一年
孤独地伫立在岸边
或许等待也是一种幸福
为了那一天
见到王子归来的船帆

是寻觅
风雨无阻
静静地凝视海面
或许是雾水障了你的双眼
让稚气的面庞
挂满了忧郁和不安

我知道
你是大海的女儿
刚刚来到人间
肯定是那永远的心恋
才让你脱去一身鳞片
偎坐在这冰冷的海滩

2015.7.7

人　生

——参观奥斯陆维格兰雕塑公园的断想^注

1

在这里

我缓步而行

用时 40 分

就穿越了一次百味人生

2

人生如同一次旅行

每天都是新的起点

因此

应该学会把里程归零

3

人生之旅

有水秀山青

也有沟壑险峰

戏水攀山都是风景

4

人生苦短

来去匆匆
累了就该歇歇
不要埋头痛苦的前行

5

人生之路
有许多纠结与不幸
昂起头　挺过去
就有柳暗花明

6

人生如大海中游泳
风能把你推向浪尖
也会将你卷入谷底
你应该有好的水性

7

人在路上
应选择光明

不要与黑暗同行

那会给你添了狗的功能

2015.7.5

　　注：走进挪威奥斯陆维格兰雕塑公园，192 座 650 个千姿百态栩栩如生的裸体人物雕像令人震撼。这些雕像描绘了由童年至壮年到老年，直至死亡的人生全过程，突出了生与死的主题，引人思考。

阳　光

紫外线注入的能量
丰满了他的脸庞
也溶去怨恨与彷徨

因为这样
游动的心有了归宿
飘逸的灵魂也变得五彩缤纷
有模有样

2014.6.2

白云 蓝天 风

白云喜欢蓝天
蓝天的宽阔深远
无限了它舒展情怀的空间

蓝天也依恋白云
白云的纯洁多姿
让它不再感到空旷和孤单

白云与蓝天有个约定
一旦有风袭来
就立刻宣战

风是蓝天的情敌
顽固地追逐着白云
常常不择手段地将它席卷

痴情的风啊
再凶狂也是徒劳
无论你把白云裹挟到哪里
它的一生都早已身许蓝天

2014.8.24

海

1

海　浩瀚

平日里从不张扬

甚至有些谦卑

总是把自己放得很低

任飞鸟嬉戏　鱼群掠食　船只挤压

有时它也会冲动

一旦受到风的侵袭

便不再顾及形象

气势汹汹

谁还能不对它倍加礼让

2

海　平静

包容大度

内涵丰富

揽入岁月　纳进百川

于是变得深不可测

不知道有多少故事蕴藏其中

但它始终守护着自己的私密

常常拒绝人类的造访

从而使那片深蓝免遭沧桑

2015.1.5

垂 柳

1

你不喜欢炫耀张扬

总是默默无声

静静地立在路旁

伴日出日落

观人往车行

有时雨会搅你

让你不再安宁

有时风也袭你

让你摇摆不定

这些更升华了你的品性

历过风和雨

看到了你的清醒

那是一种迷人的低调和冷静

2

你不喜欢向上攀爬

甘愿低垂生命的神经

与小桥流水结邻

和烈日酷暑抗衡

为了那一片荫凉

你默默守望　无怨无悔

一年又一年　世代传承

纵然已血脉苍老

也要遮日挡风

没有谁不为之动容

即便是匆匆过客

也会对你肃然起敬

2015.2.20

后　记

　　我的这些诗，内容比较繁杂。为了便于阅读，我把这百余篇作品粗略地分成了五个部分。

　　第一部分"悠悠的乐"，记录的是一个花甲之人，颐养天年之时，其所喜所好，透视出一种积极向上的生活态度。第二部分"深深的爱"，表达了对父母之怀念，对妻女之爱恋，这些骨肉亲情，越老越浓。第三部分"浓浓的情"，大部分内容都与知青相关，对知青岁月的回忆，与知青战友的情谊，笔下流淌的不是悔与怨，而是抒发一种笑面人生的达观襟怀。第四部分"冷冷的瞥"，从标题就知道，是对世俗时弊的不屑一顾和批评主义态度，褒贬扬抑，见于诗行。第五部分"爽爽的行"，主要是近几年国内外观光过程中的所见所感，既有回归自然的喜悦，也有对历史和现实的点滴悟语。

　　我的这些诗歌多以叙事抒情为主。所见所闻，所感所悟，借助灵感而成文字，分行列段，变成了我的诗作，也渐成风格。只是与当下诗坛的一些作品相比，有些不大合流。这是因为，我对诗歌虽喜欢日久，但认知尚显肤浅。尤对现代诗歌艺术判断的尺度，有点跟不上诗歌的时代进步。在我眼里，诗歌的最高价值就是鼓舞情绪，给人以心理层面的感动和精神层面的撼动，也就是更重视诗歌的社会价值。囿于此，我常抱怨一些现代诗歌中的晦涩，缺乏激情。当然，也不喜欢那些把诗歌仅仅作为自吟自诵、自我欣赏的私语。我认同"诗歌首先是自我的"观点，但同时也认为"诗歌又是大众

后记

的"。一首诗，当它呈现在受众面前，其所表达的思想，所流露和展示的情感，就应该能够引起阅读者的共鸣。反之，读后如入迷宫，猜文解字，不知所云，即便艺术手法再高，也难有喝彩。

我的诗风，可能与我的知青经历有关。我的青葱岁月中，有十年都是在黑龙江生产建设兵团度过的。知青是很有激情的一代人，由于他们特殊的人生经历，长期的群体生活，涵养了他们特殊的品格，他们大都豪爽，彼此间喜欢真诚地分享经验和情感。这些也影响到了我的诗意表达。因此，我的诗大都可以读得懂。但是，按照"只有看不懂的才是好诗"的标准，我的诗倒还略显直白。

影响我诗风的因素，除上述对诗的个人认知与个人经历之外，还有多年来形成的鉴赏习惯。我格外心仪那些源于生活，寓意深刻，激发情感，而又文字优美，含蓄曲折，朗朗上口的诗篇。这种偏好，在我们那代人中具有一定普遍性。还有，我个人的思维类型应归属严谨型，这也让我的诗带有明显的逻辑内痕。

自知我的诗还很传统，仍斗胆出版了这第二部自由体专辑，因为我相信它的社会价值大于审美价值。

感谢黑龙江人民出版社社长龚江红、编辑室原主任李春兰对本书出版所给予的全力支持。感谢我的老伴儿苏英在帮我打印诗稿过程中提出了许多修改建议。

2017 年 7 月 28 日